Mark Sarg

Die heiratswütige Leiche

Mark Sarg

Die heiratswütige Leiche

Bizarre Kurzgeschichten

Goldene Rakete Verlag für Belletristik

Imprint

Cover image: www.ingimage.com

Publisher:
Goldene Rakete Verlag für Belletristik
is a trademark of
International Book Market Service Ltd., member of OmniScriptum Publishing Group
17 Meldrum Street, Beau Bassin 71504, Mauritius

Printed at: see last page
ISBN: 978-3-639-80024-1

INHALTSVERZEICHNIS

DER HEILIGE TEUFEL (2)

„Ihr Applaus ist mir heilig!“, versicherte in gespielter Demut Kammerschauspieler Molch von Knilchklo nach jedem seiner stürmisch gefeierten Auftritte dem Publikum vor dem Vorhang.

Ebendiese Bemerkung empfand freilich der Teufel, der einmal als Zuschauer in der 1. Reihe saß und zunächst selbst lebhaften Beifall gespendet hatte, als gröblichen **Affront**, den er nun mit plötzlichen Buhrufen quittierte.

„Auch Ihr Missfallen ist mir heilig!“, wandte sich der Gescholtene mit einer noch demütigeren Verneigung direkt an ihn, worauf er seine Unmutsbekundung nur weiter verstärkte. „Sie ***selber*** sind mir heilig, mein Herr!“, offenbarte ihm jetzt der Mime mit einem vollendeten Hofknicks.

Da bekreuzigte sich der Teufel voll Entsetzen und eilte unter dem frenetischen Jubel des Auditoriums in Panik aus dem Theater.

Er fühlt sich seither in Fußballstadien weit besser aufgehoben.

DIE UNVERMEIDLICHE ERKENNTNIS

„Welch ***reiches*** Leben war mir doch beschieden!“, seufzte wehmütig Baron Spinoza Schinkenflaum – der stets dessen **Kargheit** beklagt hatte.

„Aber wie froh bin ich, nun im ***Sarg*** zu liegen – denn nie und nimmer hätte ich den Reichtum ***sonst*** ermessen!“

DIE GÖTTLICHE LEICHE

Eine Leiche war so „göttlich“, dass man sie beim besten Willen nicht zu beerdigen wagte. Stattdessen ernannte man sie zum Papst.

Da fiel sie augenblicklich in sich zusammen – und nun konnte man sie endlich reinen Gewissens im Petersdom beisetzen.

DER HEILIGE FLEGEL ODER

DER VON DER MADONNA BESTIEGENE

„Hören Sie endlich auf, mich zu malträtieren, Sie Flegel!“ Überaus genervt setzte eine Marmorstatue der Jungfrau Maria ihrer Langmut gegenüber einem fanatischen Verehrer, der sie bereits seit Stunden unentwegt küsste und ableckte und dazu den Rosenkranz betete, ein abruptes Ende, „Sonst steige ich von meinem Sockel direkt auf Ihre Füße!“

Doch da diese Aussicht ihren Bewunderer nur noch mehr animierte, ließ sie ihrer Drohung sogleich auch die Tat folgen.

Dieses freilich versetzte ihn nun gar in ***aller***höchstes religiöses Verzücken. Wie in Ekstase eilte er aus der Sixtinischen Kapelle, berief unverzüglich ein vatikanisches Konzil ein – und sprach sich als „von der **Madonna** Bestiegener“ formell selber heilig.

Denn natürlich war er Papst gewesen.

SCHUHE ALLER ART

Frau Penelope Sargnudel, die sich augenscheinlich in einer prekären Lage befand, verlangte in einem gut sortierten Spezialladen hektisch und erregt Schuhe.

„Hand- oder Fußschuhe?“, fragte beflissen der Inhaber. „Hand- ***und*** Fußschuhe!“, wies sie ihn unwirsch an, „Und vor allem ein Paar ***Kopf***schuhe!“

Einen hievon, in Gestalt eines Damenstrumpfs, stülpte sie sogleich über ihren Schädel, raubte statt zu zahlen die Kasse aus – und begab sich in derselben Aufmachung eilends in die nächste Bankfiliale.

DER PAPST ALS KLOPUTZER

Papst Sternenschädel der Ruhmreiche betrachtete die Welt als eine einzige, überdimensionierte Bedürfnisanstalt – die er nach Kräften zu säubern habe, um sie fit und tauglich zu gestalten für den Himmel.

Dagegen wäre an sich zwar nichts einzuwenden; doch was er natürlich nicht wissen konnte: Man benötigt dort keine derartigen Anlagen.

Und schon gar nicht, wenn sie irdischer Abstammung sind!

DER ZIEGENDOKTOR

Dr. Jascha Zwirnhirn zählte ausschließlich weibliche Ziegen zu seinen Patienten, die er vorzugsweise wegen Migräne und Ähnlichem behandelte.

Als einmal ein Ziegen***bock*** bei ihm aufkreuzte, verweigerte er rundweg die Aufnahme, mit der Begründung, ***ein*** Bock in seiner Ordination, nämlich er selber, reiche völlig.

Worauf ihn der Abgewiesene eine „ganz und gar dumme Ziege“ nannte – rasch und erfolgreich Medizin studierte, und selbst eine Praxis, als Ziegendoktor Sascha Hirnzwirn, eröffnete.

Deren erster Patient dann übrigens sein Konkurrent war – der sich mittlerweile unerklärlicherweise wirklich immer mehr als „dumme Ziege“ fühlte ...

EIN HERZ FÜR LEICHEN

Mrs. Betsy Krautnapf, die in unmittelbarer Nachbarschaft eines Friedhofs wohnt, hat wahrlich ein Herz für Leichen. Stets hält sie in ihrem Schuppen einen ansehnlichen Topf voll Kraftnahrung bereit, falls sich, was durchaus immer wieder passiert, „eines der armen Dinger“ zu ihr verirrt – „damit es nicht ***ganz*** verhungere“.

Als sich einmal solch ein nächtlicher Gast ausreichend gestärkt hatte und voll Tatendrang sogar zu ihr ins Bett stieg, wies sie ihn jedoch verschämt zurück: „Also das geht mir denn doch etwas zu weit. Darauf bin ich vorerst wirklich noch nicht eingerichtet!“

Seither schläft sie allerdings prinzipiell nur in dekolletiertem Kleid und Hochzeitsperücke – damit sie beim nächsten Male nicht **wieder** unvorbereitet sei!

DIE UNERWÜNSCHTE BEISETZUNG

„Ich verwahre mich dagegen, begraben zu werden!", donnerte Baron Tassilo Krauttaschl, nachdem er wütend aus dem Sarg gesprungen war. „Wenn ich auch tot bin, ist dies noch lange kein Grund, mich einfach zu verscharren!"

Und er ließ die völlig reg- und fassungslosen Trauergäste schlicht im Regen stehen – und trat, endlich frei von jedem irdischen Ballaste, eine Reise um die Welt an.

DAS ANMUTIGE GESCHÖPF ODER

DES TEUFELS GROSSMUTTER

Ein anmutiges Geschöpf lächelte voller Liebreiz auf der Straße jedem zu. Sogar dem Teufel, als er es bei seinem Sonntagsspaziergang passierte.

Der lächelte prompt zurück, lud es ein zum Souper und fragte es so nebenher ganz behutsam, ob es ihm nicht vielleicht – gegen fürstliche Entlohnung, versteht sich – seine ***Seele*** abtreten wolle.

Da warf das Geschöpf mit einem Schlage alle Anmut beiseite, sprang kichernd, girrend und kreischend auf – und demaskierte sich als seine ***Großmutter*** – die er längst verblichen und heiliggesprochen wähnte!

Seit damals ist dem Höllenfürsten Anmut jeder Art **gründlich** suspekt!

DER MEHRMALS VERLORENE KOPF

Fräulein Sarah Feuchtschwarm erschien wie wild und ganz von Sinnen auf dem Fundamt, um den Kopf ihres Bräutigams abzugeben, den dieser am Vorabend bei der Verlobung mit ihr verloren hätte.

Nun mag auch dieses sicherlich nicht unzutreffend sein – aber **wirklich** und **wahrhaftig** verlor er ihn erst, als er sich wieder ***ent***lobte.

Nachdem sie ihm als „Hochzeitsgeschenk“ gebeichtet hatte, dass sie auch seinen Vorgänger enthauptete, als dieser seinerseits die Vermählung platzen ließ ...

DIE MASKIERTEN NASCHKATZEN

UND DIE GLASIERTE LEICHE

Unter Androhung von Gewalt zwang die vormalige Miss Jasmin Springgeier den besten Konditor der Stadt, sie mit Zuckerglasur zu übergießen. Ihr Sarg feierte nämlich Geburtstag und sie gedachte sich ihm als „Torte“ darzureichen.

Dazu kam es aber leider nicht mehr – denn auf dem Heimwege wurde sie selber ein Opfer von Gewalt: Mehrere maskierte Naschkatzen überfielen sie und verschlangen sie gierig mit Haut und Haar!

DIE SELBSTVERZEHRUNG

Sein ganzes Leben lang ***verzehrte*** sich der ebenso ehrgeizige wie geniale Naturwissenschaftler Prof. Toledo Himbeerwurm geradezu danach, etwas zu vollbringen, das garantiert noch **keinem** vor ihm geglückt war und vermutlich auch nachher kaum so bald gelingen würde.

Nicht zu spät ward ihm dann endlich die erlösende Idee beschieden – und mit stolzgeschwellter Brust fraß er sich voller Hingabe und Leidenschaft selber auf!

„DARF ICH SIE KREIEREN?“

„Darf ich Sie kreieren, meine Gnädigste?“ Enthusiastisch wandte sich Sir Abdelazar Wackelhirn, überaus erfolgreicher Literat und Psychopath, an Mrs. Debbie Papstmonster – die sich vorerst freilich nur als abstraktes Fantasiegebilde in seinem Geiste tummelte.

Und obwohl jegliche Ermächtigung ***aus***blieb, ließ er seinem schöpferischen Drange dennoch **weiter** freien Lauf.

Was er dem Vernehmen nach für sein restliches Leben gar **bitter** bereute ...

DAS VERDAUTE GESCHÖPF

Selig und erleichtert trat ein verdautes Geschöpf die Reise ins Jenseits an.

Endlich musste es nie mehr befürchten, von irgendwelchen Kleingeistern als „absolut unverdaulich“ beschimpft zu werden!

DAS UNVERDAUTE GESCHÖPF

Anstatt sich seines üppigen Daseins zu erfreuen, litt ein unverdautes Geschöpf ernsthaft unter chronischen Minderwertigkeitsgefühlen und Depressionen.

Und dies nur, weil alle Welt ständig die enorme Wichtigkeit und Unabdingbarkeit einer geregelten ***Verdauung*** beschwor!

DER PAPST ALS TORÖFFNER

Als simplen Toröffner der Christenheit verstand sich in aller Bescheidenheit Papst Brabbelmeyer der Gewandte – natürlich ins Reich des Himmels.

Was ihm hingegen am Ende seines Daseins mit **Bravour** zu öffnen gelang – war leider ausschließlich die Pforte zur Hölle.

DIE WALDZOFE

Inmitten eines lieblichen Waldes fand Sir Hamish Blumenhirn ein auf einem Baumstumpf sitzendes zierliches Geschöpf mit langen blonden Zöpfen, das sich über seine höfliche, teilnahmsvolle Befragung als „Waldzofe" ausgab, deren Auftrag es sei, Spaziergänger, die das Wort an sie richteten, mit den Zöpfen zu erdrosseln, um sie sodann der allmächtigen, überaus gestrengen „Waldherrin" als Morgengabe darzureichen.

Was denn mit jenen Wanderern geschähe, die sie ***nicht*** ansprächen oder überhaupt ignorierten, begehrte er noch rasch zu wissen, während sie schon erstaunlich kraftvoll und behände ihr Werk zu erfüllen begann.

Diese müssten zur Buße für ihre Indolenz den Rest ihrer Erdentage in bodenlangen grünen Zöpfen sowie einem Schottenrocke ohne Unterwäsche **selber** der Waldherrin stets zu Diensten sein.

Da starb er in der seligen Gewissheit, nochmals ***immenses*** Glück gehabt zu haben.

VATER MORGANA

Am Friedhof erlag Vater Oregano Morgana
einer überaus schaurigen Fata Morgana.

Er meinte, dass Mutter Lisa aus der Erde griff
und Sohn Tullio kräftigst in die Wade kniff.

Rasch entschlossen ließ er das Kind zurück
und suchte in hektischer Flucht sein Glück.

Doch wollte den Kleinen leider niemand haben –
und so musste er auch diese Hoffnung begraben.

DER UNERMÜDLICHE PHILOSOPH

Professore Arrivederci Traumrüssel gab keine Ruhe, unentwegt nach dem Sinn des Lebens zu forschen – bis er endlich gestorben war.

Augenblicklich begann er nun aber damit, nach dem Sinn des **Todes** zu fragen – und tut dies sicherlich auch heute noch.

DIE WIEDERENTDECKUNG

Graf Nestor Schwarzkelch hatte sich so gut vor sich selbst versteckt, dass er sich sein ganzes Leben nicht mehr fand.

Erst ***danach*** entdeckte er sich wieder, geriet darüber in helles Entzücken – und gelobte feierlich, sich fortan ***nie*** mehr aus den Augen zu verlieren.

„VERMARKTEN SIE MICH!“

„Vermarkten Sie mich, und ich gehöre ganz und auf ewig Ihnen!“ Diesen unwiderstehlichen Pakt schlug der von blinder Erfolgssucht zerfressene Sir Hunnibal Dünndarm dem Höllenfürsten vor.

Der fackelte selbstverständlich nicht lange – und machte ihn umgehend zu Papst Hannibal dem Dicken.

„VERMARKTEN SIE SICH!“

„Vermarkten Sie sich doch selbst auf Erden, dann brauchen Sie ***meine*** Heiligkeit nicht ständig zu bemühen!“, riet Papst Sonnenschädel II. freundschaftlich dem Teufel beim turnusmäßigen Gedankenaustausch.

Der fand daran solch vorzüglichen Gefallen, dass er bald darauf – als Papst Mondschädel I. – für eine sehr lange und „fruchtbare“ Periode sein Nachfolger wurde.

„ENTBLÄTTERN SIE SICH SCHLEUNIGST!“

„Entblättern Sie sich schleunigst, sonst helfe ich nach!“, forderte Psychiater Dr. Rigorosius Klapperrüssel seinen Patienten Justizrat Fidelius Zwitscherlümmel ungeduldig auf.

Doch weshalb es ihn wohl zu dieser in seiner Praxis eher unüblichen „Therapie“ drängte?

Seit dem letzten Zoobesuch vor über 40 Jahren hatte er keinen nackten Affen mehr gesehen!

DER PAPST IM SCHMALZTIEGEL

Als sich Kardinal Romero Kirschenstängel eines Nachts in die vatikanische Großküche schlich, vermeinte er zunächst, mit einem Spukbilde gestraft zu werden. Denn mit ungläubigem Staunen fand er dort Papst Kicherstrudel III., der sich mit ekstatischem Gebaren und vor Vergnügen wiehernd in einem riesigen Schmalztiegel wälzte.

Pfiffig belehrte Seine Heiligkeit jedoch den hungrigen Leidensgenossen, dass es ihm schließlich auch während der Fastenzeit nicht untersagt sei, wenigstens auf **diese** Weise Fett aufzunehmen. Und anderseits sei er bestrebt, durch derlei „Exerzitien" seine **orale** Widerstandskraft gegen lukullische Verlockungen noch weiter zu festigen.

Gleichwohl gewährte er dem zutiefst beeindruckten Kardinal allerheiligste Dispens und erlaubte ihm ausdrücklich, sich nach Herzenslust aus sämtlichen Kühlschränken zu bedienen – wenn er dafür striktes Stillschweigen über ihre Begegnung halte …

DIE HEIRATSWÜTIGE LEICHE

Hofrätin Indira Hutpisser, selig, war geradezu besessen davon, unentwegt, quasi auf Vorrat, zu heiraten. Und wenn sie mit den passabelsten Kandidaten **eines** Friedhofs „durch" war, wechselte sie schleunigst über zum **nächsten**.

Und all dies nur, weil sie solch panische Angst hatte vor einer **Scheidung**!

War sie doch zu Lebzeiten von ihrem Mann verlassen worden, weil er sie mit einer ***Leiche*** im Bett fand – die ihrerseits übrigens völlig ***un***verheiratet war ...

DAS GIERIGE TASCHENTUCH

Ein voluminöses Taschentuch begnügte sich nicht bloß damit, die Nase seines Herrn, Vicomte Hippolyte Sturmrüssel, zu erleichtern, sondern fraß sie ihm gleich zur Gänze weg! Es hatte nämlich versteckte Zähne.

Verehrt war es ihm übrigens von einem „wohlmeinenden Gönner“ worden – der selbst angeblich nie eine Nase besaß ...

„ICH LIEBE DEINEN NÄCHSTEN“

„Ich liebe deinen Nächsten wie dich selbst!“, eröffnete Lady Lisetta Lord Greenbeard Hungerpilz – und meinte damit seinen engsten Freund, Sir Huxley Blütenherz. Gleichwohl empfahl sie ihm, diesem keinesfalls darob zu zürnen, sondern ihn vielmehr genauso zu lieben.

Nur zu gern begann er daraufhin eine stürmische Affäre mit dem Besten, der sich seinerseits bereitwilligst erobern ließ.

Und dass die Lady ihre Liebe, mit Sir Huxleys ausdrücklicher, ermunternder Billigung, bloß **vorgetäuscht** hatte – um sich ein wenig Urlaub vom Lorde zu verschaffen –, tat der immer heftiger entbrannten Leidenschaft zwischen den „Neuvermählten“ auch keinen Abbruch.

Ganz im Gegenteil ...

DIE SARGSCHULE

Ein Sarg war so jung und unerfahren, dass er mit seinem Zögling, dem Grafen Rastelli Sturmgeier, nicht richtig umzugehen wusste und ihm nahezu jede Unart durchgehen ließ – sei es Rauchen zur Nachtzeit, Speisen ohne Serviette oder Grunzen nach den Mahlzeiten.

Mit dem „Erfolg", dass sein Anvertrauter die für diese Phase seiner Existenz so ungemein wichtige Disziplin und Einsicht nicht erwarb – und deshalb schlicht als ***Dümmling*** wiedergeboren wurde.

Hieraus folgt, dass man sich besser prinzipiell nur reifere und betagtere Särge als Betreuer aussucht.

Und sollten diese bereits über einen Schüler verfügen: Umso praktischer. Gemeinsam lebt und lernt sich's bekanntlich leichter ...

DIE SARGTANTE

Leidenschaftlich gern legte sich der junge Baron Ambroise Springnudel in Damenkleidern in einen Sarg – weswegen ihn die wissenden Freunde als „Sargtante“ neckten.

Was sie jedoch ***nicht*** wussten: Die Kleider wie auch der Sarg gehörten seiner Tante, Hulde von Krautteufel, und diese lag jeweils nackt ***unter*** ihm!

DER SARGONKEL

Graf Ibrahim Winterstern, von den Begünstigten liebevoll „Onkel" tituliert, verteilte regelmäßig luxuriöse Särge an Bedürftige, die diese dann – so sie sie nicht ohnehin gerade selbst benötigten – an Wohlhabendere weiterveräußerten.

Weshalb er aber diesen seltsamen Umweg wählte und nicht durch ***direkte*** Zuwendungen aus seinem beträchtlichen Vermögen half?

Der ständige Kontakt und Umgang mit Särgen aller Art und Herkunft bereitete ihm ein Pläsier, das er keineswegs erst nach dem Tode auszukosten gedachte!

DIE FLOTTE MAMSELL

„Welch flotte Mamsell!“, rief entzückt Prälat Ernesto Rotzlöffler und bekreuzigte sich, als vermeintlich die Jungfrau Maria in der Bibliothek erschien.

Zwar hatten ihn, wie üblich nach dem Genusse von zu viel Messwein, die Sinne getäuscht und lediglich seine überaus stattliche Putzfrau in diesem verklärten Lichte wahrgenommen – aber das verzieh ihm die ***echte*** Jungfrau in ihrer Großmut allemal wieder.

Wie auch natürlich die kuriose Anrede. Schließlich hatte er an der Sorbonne studiert und sprach daher **exzellentes** Französisch!

DIE VOLLENDETE GALANTERIE

In seinem manierlichen, durch und durch galanten Wesen geht Baron Quecksilber Weißschnee so weit, jedermann an jedem Ort immerfort den ***Vortritt*** zu überlassen. Sogar, und vor allem, beim Sterben.

Doch bleibt der Lohn hierfür nicht aus: Er kriecht noch heute lebendig umher.

Und gottlob macht sein Beispiel immer ***mehr*** Schule.

DIE ENTLAUFENE DORFWAHRSAGERIN

Mrs. Wally Meerrettich war mit ihrem Dasein alles andere als zufrieden und suchte ständig Rat und Trost bei den renommiertesten Astrologen.

Deren erlauchteste, Miss Sibyl Krautfleisch, verstand sich zugleich exzellent auf die Rückführung in frühere Leben und förderte dieserart zu Tage, dass die letzte Inkarnation ihrer Klientin – ein Fräulein Agatha Schlauchmirl aus Krenhausen – darin „kulminierte", dass sie eine höchst erfolgreiche Karriere als Wahrsagerin abrupt beendete und ohne Angabe von Gründen aus dem Dorf entlief.

Dank dieser fulminanten Horizonterweiterung ging es ihr nun in ihrer aktuellen Verkörperung Schlag auf Schlag immer besser – bis sie auf dem Gipfel der Genesung sogar starb.

Weshalb sie übrigens seinerzeit aus Krenhausen entlaufen war, steht zwar nach wie vor in den Sternen. Doch wird sie ganz sicher auch dies noch in einer späteren Existenz klären.

DIE VAGABUNDIERENDE LEICHE ODER

DER ERSTAUNLICHE WAHLSIEG

Sir Attila Hundsknecht vagabundierte als Leiche von Friedhof zu Friedhof und konnte sich einfach nicht durchringen, irgendwo sesshaft zu werden. Die Zustände waren ihm ganz entschieden nicht genug **turbulent** dort.

Schließlich zog er die Konsequenz, kehrte reumütig zurück in die Politik – und gewann als Spitzenkandidat sogleich haushoch die Wahlen.

Mit einem ***einzigen*** Thema: Einem überaus **rigorosen** Gesetz gegen vagabundierende Leichen!

DIE TRAUMATISIERTE LEICHE

Frau Adele Springsack erlebte ihren Tod als Trauma und weigert sich seitdem beharrlich, sich auf vernünftige Weise mit dem Thema auseinanderzusetzen oder mit anderen darüber zu kommunizieren. Schon der bloße Gedanke daran lässt sie erschauern und schnurstracks in den allzeit bereiten Sarg fliehen.

Es bleibt zu hoffen, dass ihr mit Fortschreiten der psychotherapeutischen Behandlungsmethoden irgendwann so weit geholfen wird, dass sie sich endlich zu ihrem Status bekennt, diesen voll akzeptiert – und in weiterer Folge vielleicht sogar ***ohne*** Sarg meistert ...

DER PÄPSTLICHE LAUSEBENGEL

Bereits der junge Lino Hutlaus erfüllte sämtliche Voraussetzungen für eine erfolgreiche Papstkarriere. Er sprach sich selbst und andere heilig oder verdammte sie, prangerte allerlei Sünden an, die keine waren, verschwieg dabei **wirkliche** oder erhob sie zu Tugenden – und ließ sich von Eltern, Verwandten sowie wohlmeinenden Nachbarn und anderen Schaulustigen regelmäßig anbeten, verehren und die Zehen küssen. Vor allem aber glaubte er tatsächlich, dass ***Gott*** die Bibel verfasst hätte, und zum Dank hierfür betete er Tag und Nacht den Rosenkranz.

Verständlich, dass dem heiligen Wunderknaben ein überaus rasanter Aufstieg beschieden war: Papst Windhahn der Späte überzeugte sich persönlich von seinen Fähigkeiten, ließ ihn seine Füße lecken – und geriet dabei in solche Verzückung, dass er augenblicklich zurücktrat und ***ihn***, als Hutlaus den Frühen, zum Nachfolger kürte.

Und in dessen ausgedehnte Glanzzeit fielen denn auch wichtigste Errungenschaften wie eine Vielzahl neuer, delikater Marter- und Verhörmethoden – wobei Inquisition und Scheiterhaufen „aufblühten" wie nie zuvor.

Derlei passiert eben, wenn aus Läusen Heilige werden.

DER PÄPSTLICHE ANRUFBEANTWORTER

Den Segnungen der Technik stets dankbar und aufgeschlossen, verfügte Papst Ramschlaus der Moderne als einer der Ersten über einen Anrufbeantworter – der allerdings nicht bloß in seiner Abwesenheit dienlich war, sondern es ihm vor allem ermöglichte, den Leuten **endlich** zu offerieren, was ihm persönlich eben doch nie über die heiligen Lippen gekommen wäre: das Götzzitat!

Denn da sich die Kardinäle ausschließlich für seine **Füße** zuständig erklärt hatten, hoffte er, dass möglichst ***viele*** Gläubige sein großzügig erweitertes Angebot nutzen würden ...

„KENNEN SIE DOKTOR KENT?“

Auf einer öffentlichen Toilette bemerkte Mr. Finnlay Morgenrock zum ersten Male eines jener merkwürdigen Plakate, die er in der nächsten Zeit immer häufiger sehen sollte und auf denen in großen Lettern nur zu lesen stand: „Kennen Sie Dr. Kent?“

Zunehmend begann ihn zu interessieren, wer oder was damit gemeint sei, doch erlangte er nirgends Aufschluss darüber und niemand konnte ihm weiterhelfen, obwohl die ominösen Aushänge mittlerweile auch in Hausfluren prangten.

Immer brennender beschäftigte ihn die Frage, und da er an einer Reihe von Problemen litt und überdies seit kurzem ohne Stellung war, wuchs sie sich bald zur regelrechten Besessenheit aus – zumal er sich Hilfe von jenem Unbekannten erhoffte.

Als er eines Abends den Anschlag sogar auf seiner Wohnungstür fand, wähnte er sich schon der Erlösung nahe – aber weitere Zeit verstrich, nichts geschah, und zu seiner grenzenlosen Enttäuschung verschwanden die Plakate allmählich wieder, während seine persönlichen Schwierigkeiten sich drastisch mehrten – sodass er schließlich in purer Verzweiflung Suizid beging.

Und jetzt erst lernte er endlich Dr. Kent kennen – auf den die übrige Menschheit wohl auch noch ein Weilchen wird warten müssen ...

DIE SARGALLIANZ

Seine vormittäglichen Besucher empfing Lord Ambrose Regenhirn, renommierter Börsenmakler, nicht bloß im exquisiten Nachthemd, sondern auch noch im Sarge sitzend, in welchem er die Nacht verbrachte. Dies war ein raffinierter Schachzug, denn durch die Preisgabe seiner Privatsphäre entstand eine Vertrautheit, die ihm dann, nach einem ausgiebigen Sargfrühstück, bei der Abwicklung der Geschäfte sehr zustatten kam.

Einen seiner zahlreichen Rivalen, Sir Aristoteles Sonnenschirm, ließ das nicht eher ruhen, als bis er einen Weg gefunden hatte, ihn zu übertrumpfen: Er trat ***seinen*** morgendlichen Klienten im violetten Umhang als „Vampir“, mit vom Frühstück geröteten Eckzähnen entgegen – was ihm einen klaren Wettbewerbsvorteil verschaffte.

Dies wiederum beeindruckte den Lord so nachdrücklich, dass er ihm eine nächtliche Reverenz erwies – deren stolzes Ergebnis die Vereinbarung einer Allianz war: Sie schlossen einen Ehevertrag und bezogen einen luxuriösen Sarkophag im Hause des Ranghöheren, von dem aus sie künftig **gemeinsam** die Kunden betreuten. Der eine im bewährten, unwiderstehlichen Nachthemd, der andere im verführerischen Vampirlook.

Und damit war auf Lebenszeit ***jede*** Konkurrenz dem Tod geweiht!

DIE SCHLAUE VORWEGNAHME

Prof. Morpheus Grauhirn schlief prinzipiell nur in einem Sarge, weshalb ihn seine Mitwelt für leicht überspannt hielt. Doch kümmerte ihn dies herzlich wenig:

„Soll ich vielleicht erst warten, bis ich gestorben bin? Da habe ich dann, weiß Gott, **Besseres** zu tun, als in einem Sarg zu liegen!"

HIMMLISCHE FREUDEN

Gleich nach dem Frühstück ergötzte sich Sir Travis Gackwood an einem formidablen Horrorfilm in seiner Schreckenskammer. Bis Mittag genoss er dann Ruhe und Eintracht bei drei schmucken, erbaulichen Begräbnissen auf seinem Lieblingsfriedhof, verschlang zum Leichenschmause einen saftigen „Satansbraten“ mit höllischem Appetit und delektierte sich zum Dessert an den Gräuelmeldungen im Radio.

Nach einem kurzen Schläfchen las er mit Wohlwollen und Genugtuung von den neuesten Missetaten, Skandalen und Affären in der Zeitung und gönnte sich als Draufgabe noch ein kleines Gruselgeschichtchen.

Im Anschluss an die Jause besuchte er eine Ausstellung von Kriegswaffen und Marterinstrumenten im Nationalmuseum, ließ sich hernach trefflich das Abendbrot munden, und labte sich zum krönenden Ausklang mit diabolischem Vergnügen an einem schaurig-schönen Fernsehkrimi.

„***Himmlische*** Freuden bietet doch das Leben!“, zog er Bilanz, ehe er die ganze Nacht über teuflisch gut schlief.

Printed by Books on Demand GmbH, Norderstedt / Germany